Camille Lemonnier

Le Bon Amour

Ultraletters

Première publication en 1900.

Copyright © 2015. UltraLetters Publishing, Bruxelles.

Tous droits réservés.

ISBN : 978-2-930718-68-2

www.UltraLetters.com
contact@UltraLetters.com

CAMILLE LEMONNIER

« *Aucun écrivain du XIXe siècle, si ce n'est Victor Hugo, n'a possédé, comme Camille Lemonnier, les richesses du dictionnaire, n'a disposé pour formuler sa pensée ou ses sensations d'un nombre aussi considérable de mots: nul ne s'est grisé comme lui de sa puissance verbale. [...] Mais ce ne sont là que les premiers dons que lui a faits la nature. Elle lui a accordé des instincts d'une étrange profondeur, qui communient avec tous les instincts primordiaux de la vie, qui sentent tous les frissons de l'animal, tous les frémissements, tous les appétits, toutes les fécondités, toutes les énergies déchaînées dans la multitude innombrable des organismes vivants.* »

Iwan Gilkin (écrivain et poète belge), *Discours prononcé à l'Installation de l'Académie royale de Littérature, 15 février 1921.*

Camille Lemonnier

Du même auteur chez le même éditeur :

Un Mâle

Le Mort

Le Bon Amour

I

Elle passa droite, aux plis sévères de sa robe noire, portant le tablier des infirmières. Je ne pouvais voir son visage ; sa démarche ne me rappelait aucune démarche connue ; et de son côté, elle ne prenait pas attention à moi. Il venait souvent des dames nouvelles dans cette Maison des douleurs. Mais un peu de temps après, elle repassa encore ; j'étais penché sur l'horrible mal d'un vieillard entré là depuis une semaine. Elle traversa diagonalement la salle et il me sembla que cette fois elle m'avait longuement regardé. Je levai moi-même les yeux. Déjà elle s'était rapprochée de la porte ; je ne vis que la main avec laquelle elle la refermait sur son passage ; et puis je cessai de penser à cela. Je terminai tranquillement le pansement.

Les dames se partageaient entre elles les jours de service : chacune avait son jour qui la ramenait là deux fois la semaine ; elles alternaient ainsi leur part des pénibles corvées de la maison.

Le samedi suivant, elle revint donc et encore une fois elle passa dans la salle. Je fus étonné de ne l'avoir pas reconnue dès le premier jour. Je n'éprouvais pas d'autre sentiment ; je ne croyais pas que je l'aurais jamais revue sous ce tablier d'infirmière.

Cependant nos yeux ne s'étaient pas rencontrés. J'avais détourné les miens ; elle sembla n'avoir fait aucun effort pour ne pas m'apercevoir ; et elle était toujours belle, mais sans l'orgueil de sa beauté ancienne. Ce ne fut qu'après qu'elle eut passé que je m'en voulus de ne pas l'avoir saluée. Vingt ans, je songeais, il y a déjà vingt ans ! Alors aussi j'étais jeune, j'avais dans les veines un sang de passion et de mauvais désir. Et j'enlevai avec calme mes pansements comme s'il n'y avait eu là nulle chose extraordinaire.

Mais la troisième fois qu'elle parut, je me sentis moins maître de moi : j'inclinai à demi la tête sans la regarder ; je ne relevai les yeux qu'au moment où elle ne put plus me voir ; et alors il me vint un mouvement étrange. Je ne sais pas si ce fut du dépit ; non, je ne puis le croire ; je n'avais plus aucun droit sur elle, et néanmoins mes mains tremblaient, je détachai maladroitement le pansement du vieillard. Il cria, elle se retourna et cette fois nous nous étions reconnus.

Il me parut qu'au fond je lui en voulais de son arrivée dans cette maison comme si c'était pour moi qu'elle y fût venue. Je n'étais pas touché de la grande charité fraternelle qui lui faisait assumer un sévère devoir. Ni l'un ni l'autre nous n'étions plus jeunes ; mais j'avais vieilli plus qu'elle. Je ne croyais pas qu'elle eût porté si légèrement les soucis de la vie.

Il arriva qu'elle échangea son jour avec une des dames de l'Œuvre, et ainsi elle entra dans le service d'un autre médecin. Je ne la vis plus pendant près de trois semaines. Quelquefois son nom était prononcé devant moi, son nom de jeune fille comme si le reste n'eût point existé, comme si elle eût toujours été la jeune fille dont elle portait le nom.

Personne ne paraissait se douter qu'il pût exister autre chose dans sa vie. C'était alors en moi une impression singulière qui me faisait souffrir et n'était pas sans charme. Moi aussi, je l'avais longtemps appelée par son nom de jeune fille !

— Mme Darbois ne vient donc plus ? demandai-je à l'une de mes aides.

Le nom passa difficilement : j'avais manqué en dire un autre.

— Mais si... Seulement elle a changé son jour.

Je le savais ; j'ignore ce qui me fit poser cette question.

D'abord j'avais mis ce changement sur le compte d'une discrétion bien naturelle : il nous eût été trop pénible à elle comme à moi de nous rencontrer avec assiduité auprès de nos malades. Et puis, avec les jours, ce fut un sentiment différent que je ne m'avouai pas.

Au fond j'étais ennuyé qu'elle parût m'éviter ; je lui aurais serré la main sans arrière-pensée comme après une longue absence, comme après une ancienne querelle pardonnée. Mais non, elle a bien fait, ce serait trop ridicule, protestait la raison en moi.

Aussi simplement qu'elle était partie, elle revint ; celle des dames avec qui elle avait permuté était tombée malade et elle reprenait son service.

— Mais j'y pense, nous dit la directrice en souriant, on ne vous a jamais présentés... Mme Darbois...

Ce nom aussitôt perdit sa douceur ; il me sembla que je me rendais complice d'une outrageante comédie.

Elle parut me voir pour la première fois, leva très vite les paupières, les abaissa dans une inclination légère de la tête ; et elle n'avait rien dit. Je m'aperçus qu'elle devenait très pâle. Je n'étais pas moins troublé qu'elle. Je pensais : Vingt ans... Il y a vingt ans déjà ! Et elle s'en alla, reparut avec une burette d'huile, car je détachais en ce moment un pansement raidi par les suppurations.

Je l'eus ainsi près de moi chaque fois que mon service me ramenait dans la maison.

Elle touchait aux plaies avec des mains merveilleusement légères et secourables : ces belles mains autrefois n'avaient touché qu'aux choses heureuses. Et une odeur triste, l'âcre relent des antiseptiques émanait de sa robe, de ses longs gestes attentifs qui avaient ondulé dans les parfums voluptueux. Je la trouvais bien plus belle à travers la beauté grave de son ministère, dans cet asile de la miséricorde et de la souffrance où elle passait avec la tristesse apitoyée des filles de Dieu. Sa présence avait le don d'apaiser les épouvantables grimaces torturées qui se convulsaient au bord des lits. La pâleur livide des sclérotiques s'avivait aux mansuétudes de ses regards bienfaisants et limpides.

Cependant je ne la traitais pas autrement que mes aides habituelles. À peine nous nous parlions. Je ne lui disais que des paroles qui se rapportaient aux infirmités qui nous entouraient. Une fois elle mit quelque retard à m'apporter un liniment que je lui avais demandé ; j'entrai dans une violente colère ; je lui reprochai son indifférence ; jamais je n'avais parlé aussi rudement aux admirables femmes qui m'assistaient.

Elle ne me répondit pas ; ma gorge se serra ; je restai sans voix pour lui demander pardon ; et ensuite, rentré chez moi, je pleurai longtemps.

Ce fut alors que je commençai à l'appeler en moi-même par un nom plus tendre, comme la première fois que nos mains s'étaient jointes. Et un jour, à force de me le répéter, ce nom d'intimité, ce nom que je n'avais plus le droit de prononcer tout haut, je m'oubliai et lui dis :

— Fréda !

Mes lèvres restèrent tremblantes pour l'avoir laissé échapper ; elle eut un triste sourire ; et je ne sus plus ce que j'avais voulu lui dire.

Je me trouvai soudain très malheureux, dans une grande solitude, abandonné des autres et de moi-même. J'eus de mauvais jours. Personne, l'heure venue, ne sera là pour me fermer les yeux, me disais-je. Jamais, avant ce temps, je n'avais songé à la mort. J'avais bien assez à faire d'y songer pour le compte des autres. Mais la sensation subsista : on me mettait en bière ; je n'avais pas de femme, pas d'enfants ; nulle main pour renouveler les cierges ; et puis des gens que je n'aimais pas, d'envieux collègues arrivaient vanter mes mérites avec des gestes pathétiques au bord de la fosse. Après tout, ne l'avais-je pas voulu ?

II

— Madame, prenez un peu de repos... Venez au jardin avec moi... Je vous assure, vous n'êtes pas bien.

Je lui dis cela une après-midi. Elle avait été prise d'une syncope dans les salles ; et je la soutenais sous le bras ; je la conduisis doucement vers un banc, du côté des châtaigniers.

Elle se mit à sourire, toute pâle, une main sur son cœur.

— C'est là... oh ! presque rien !

Je m'étais assis auprès d'elle, j'avais coulé mes doigts derrière son épaule pour lui adoucir la dureté du banc. Un vent léger souleva ses cheveux. Je m'aperçus que leurs racines étaient blanches. De nouveau elle me sourit, elle me dit sans tristesse :

— Ils étaient plus noirs autrefois.

Et avec une grâce de pudeur, chaque fois que soufflait le vent, elle les égalisait du bout de ses doigts.

Alors une grande mollesse me monta du cœur.

— Fréda !… Fréda ! lui dis-je, est-ce que cela n'est pas une chose étrange ?

Je n'osais lui prendre la main. Elle regardait devant elle, dans le vide. Et nous demeurâmes un long moment sans échanger de paroles.

Il y eut un temps où je restais ainsi auprès d'elle sans parler et nos silences ne nous pesaient pas. Maintenant c'était autre chose : je cherchais des mots graves, assortis à la circonstance. J'aurais cru manquer à ma dignité si j'avais parlé inconsidérément. Et de son côté, elle sembla ne rien avoir à me dire : elle me quitta la première. En revenant par les rues, je songeai au passé avec douceur. Toute peine s'en était allée, toute amertume ; il ne subsista plus que les heures harmonieuses.

Un autre jour, je traversais le jardin, je m'assis sur le banc. Le tronc vaste d'un des châtaigniers me masquait : elle vint et se dirigea aussi vers le banc. Elle ne pouvait me voir. Mais je me levai comme pour lui abandonner la place.

— Pardonnez-moi, me dit-elle, je ne vous croyais pas ici.

J'hésitai un instant et ensuite je l'attirai par la main.

— Ô Fréda ! c'est plutôt à vous de me pardonner. Je suis venu chercher sous ces arbres un triste et charmant souvenir.

Je ne pus retenir mes larmes ; elle remua lentement la tête.

— Quel enfantillage ! me dit-elle. Nous sommes de si vieilles gens et tout est si loin !

Il y eut un silence : nous regardions s'enfoncer la vie au large des jours. Des passagers, sur le pont d'un bateau, voient ainsi plonger dans l'embrun les tours d'une cité. Puis je lui dis :

— Fréda, n'est-ce pas mieux comme cela ? Oui, il est préférable que nous nous soyons revus un peu tard… Il me semble que mon cœur s'est purifié avec le temps.

Je vis qu'elle s'efforçait de surmonter son trouble. Elle était très faible ; sa poitrine s'agitait ; elle appuya son mouchoir à ses lèvres.

— Avec le temps… avec le temps…

Et elle ne dit pas autre chose. Mais ce seul mot nous rapprocha dans une longue commémoration imprécise, comme deux êtres qui se savent l'un près de l'autre au fond d'une vapeur crépusculaire et ne s'aperçoivent pas. Des moments s'écoulèrent. Nous ne nous étions jamais mieux compris. Autrefois nos voix n'avaient pas la douceur de ce silence.

Quelqu'un, une des dames, vint à l'entrée des jardins et appela :

— Madame Darbois…

Une force étrange, au moment de la perdre, passa en moi : je sentis qu'enfin j'allais pouvoir exprimer les choses obscures et délicates qui me tourmentaient. J'ouvris la bouche. Je l'appelai à mon tour, lui dis ardemment :

— Ô Fréda !

Mais de nouveau la dame, ayant fait un pas, cria :

— Madame Darbois…

Et ce nom, mieux que tout le reste, me notifia l'Irrévocable. Nos voix moururent ; le charme fut rompu. Je me trouvai vide de paroles et d'idées, accablé d'une peine lourde.

— Eh bien, allez, Fréda.

Et ma main était retombée sans force le long de mon corps.

Elle se leva ; elle ne me regardait plus ; elle sembla tout à coup très loin de moi à cette voix qui lui rappelait le devoir, comme si la divine sympathie ne nous avait fait un instant communier ensemble, venus des bords opposés de la vie, qu'afin de nous mieux séparer ensuite.

Elle se leva donc, elle fit devant elle quelques pas ; et ensuite elle se retourna vers moi ; elle me regarda longuement, la tête inclinée par-dessus son épaule. J'avais vu, en des tableaux de maîtres primitifs, des attitudes comme celle qu'elle eut soudain sous les arbres, très nobles et affligées. Son visage à la fois exprimait la tristesse et la résignation ; il n'était plus le même que celui qui tout à l'heure m'avait souri dans les larmes. Et je ne compris pas le geste qu'elle fit en s'en allant : il avait une grande douceur ; peut-être il me disait : Tout est consommé. Et puis elle disparut sous la porte. Ô Fréda, pensais-je, je t'ai perdue encore une fois, toi que j'espérais retrouvée.

Nous nous revîmes le samedi suivant : c'était le jour de ses miséricordieux offices. Ses yeux n'exprimaient aucun sentiment qui se rapportât à notre mélancolique et cher entretien. Je crus n'y lire que l'indifférence et la froideur. Elle parut regretter de s'être un instant abandonnée. Et moi-même je ne ressentais plus que de la gêne auprès d'elle.

La vie une brève minute avait touché du doigt nos cœurs morts et puis s'en était allée par les jardins, sur les pas de Fréda ; ni l'une ni l'autre n'étaient plus revenues ; le froid seul de la mort était resté. Tout est bien fini, songeai-je. Nous ne nous sommes reconnus que pour mieux nous ignorer. C'est la destinée. Fréda et moi n'étions pas faits pour nous comprendre.

J'étais comme un homme qui a marché longtemps dans une plaine aride, cédant à une injonction inconnue. Ensuite, aux confins du ciel, il a vu se lever le mirage d'une oasis et il est reparti, avec la certitude de n'être venu de si loin que pour voir l'oasis et n'y point aborder. Je n'avais plus de tristesse. Ce n'était pas de la résignation non plus, ce n'était rien qui rappelât encore la douleur. Je vivais doucement d'une vie tiède et molle dans le vide de moi-même. Tout au fond de moi, j'entendais battre mon cœur à petits coups comme une chose détachée de ma vie, comme quelque chose qui continuait à vivre hors de ma volonté. Et je ne ressentais plus ni peine ni joie, subtilement évanoui dans l'inconscience.

Je l'appelais à présent du nom que lui donnaient les dames de la maison : elle n'en paraissait pas étonnée. Une nuance d'abandon, la franchise de son geste et de ses regards me témoignèrent qu'elle me savait gré de ne plus rien tenter qui eût pour effet de nous écarter l'un de l'autre.

Son visage, avec les jours, respira une intime et sereine confiance. Je me défendis d'espérer encore un bonheur qui m'avait appartenu autrefois et qui à présent ne se pouvait plus réaliser. Cependant l'idée que j'y aurais eu des droits plus qu'aucun autre homme, demeurait en moi, présente et lointaine comme la circulation même de la vie, comme le battement profond des artères.

Je dus me contenter de la voir aux heures où je venais : je me retrouvais avec elle mêlé aux douleurs et aux compassions de cette maison de la vie et de la mort. Ensemble nous y accomplissions le devoir d'humanité, nos mains presque jointes par-dessus les râles qui montaient des lits, nos âmes rapprochées dans un oubli de nous-mêmes qui nous liait bien plus. Je n'avais pas connu encore cette sensibilité : elle tempéra mes regrets ; elle fut cause que l'amertume eut pour moi des charmes. Il me sembla que je n'aurais été vraiment malheureux que si j'avais dû cesser de la rencontrer. Et tout le reste n'était qu'un mal léger, comme le souvenir d'une blessure guérie.

III

Je prenais tous les ans, vers le commencement de septembre, un congé de près d'un mois. Un jeune médecin pendant ce temps me remplaçait.

Je ne sais quel scrupule délicat me dissuada, cette année-là, de séjourner, comme j'en avais l'habitude, au bord de la mer. Fréda et moi y avions passé des heures absolues : les choses irréparables ne s'étaient pas encore accomplies ; elle aimait la beauté solennelle des eaux plus que la montagne et la plaine. Cependant, comme à l'approche de notre courte séparation, une des dames s'enquérait de la contrée vers laquelle me porteraient les vacances, je répondis avec une étrange légèreté que sans doute je m'en irais vivre un peu de temps à la mer.

Fréda était là. Elle m'entendit. Aussitôt un nuage voila ses yeux : elle ne put se reprendre tout de suite et d'une voix faible et altérée, comme si cette parole n'eût eu de sens que pour son cœur, elle dit :

— La mer aussi est un mystère triste !

Sans doute elle répondit ainsi à ses propres pensées ; elle eut l'air de s'être conformée à d'anciennes et personnelles douleurs.

Je fus étonné d'avoir exprimé une résolution que déjà j'avais écartée de mon esprit, à laquelle intérieurement j'avais renoncé. Fréda fut bien la cause pour laquelle la pensée d'un séjour à la mer me devint pénible comme un souvenir profané. Mais la vie est régie par de si inexprimables mouvements ! Je parlai dans ce moment comme si Fréda et moi n'avions laissé derrière nous aucune part de notre cœur. L'air vibrait encore de sa voix expirée ; une onde ardente et sensible me parcourut. Oui, me certifiai-je, Fréda a raison, la mer aussi est un mystère triste.

Il me sembla que tous deux nous restions associés dans le sentiment que ce mystère n'était si triste que parce qu'il correspondait aux tristesses de notre propre vie. J'avais pensé cela avant elle ; je l'avais pensé aux replis profonds de mon être ; mais elle venait de donner une forme à ce qui n'était encore pour moi qu'une suggestion confuse.

Elle se tut ensuite, elle demeura perdue au monde d'idées qui s'était éveillé pour elle des lointains paysages nostalgiques de la mer.

L'heure fut amère et délicieuse ; mon cœur frémissait à l'unisson du sien. Pourtant un amour-propre singulier, l'instinct rétif de la personnalité s'opposa à la confiance, à la douce effusion. Je ne lui dis pas que la mer maintenant eût été pour moi une douleur. Je souffrais du regret de l'avoir fait souffrir. J'aurais voulu être seul avec elle et lui jurer que jamais plus je n'irais à la mer. Pourtant aucune parole ne vint à mes lèvres. Je cessai de la regarder et ses yeux errants flottaient aussi très loin, semblaient chercher là-bas la mer.

Nous nous quittâmes et à peine je lui avais encore parlé ; mais à quelques jours de là (c'était la veille même de mon départ), je la revis. Il y avait quelqu'un près de nous : je lui dis très bas :

— Je n'irai pas cette année à la mer, Fréda.

Elle porta ses mains à son cœur et ferma les yeux. Ce ne fut qu'une seconde, la brève éternité d'un grand bonheur, une action de grâces infinie ; et ensuite le sourire qu'elle avait aux lèvres s'effaça. Un froid passa aux airs, elle me dit en détournant la tête :

— Vous auriez bien tort : la mer a de plus grandes joies qu'ailleurs.

Je tressaillis, je crus à quelque reproche dissimulé. Le mot si inopinément renia ce qu'elle

17

m'avait dit quelques jours auparavant ! Je ne vis pas alors qu'il parut plutôt continuer une ancienne phrase interrompue.

Oui, ce fut comme l'adoucissement à d'antérieures amertumes, et seulement la voix avait changé : celle-ci exprimait un détachement qui peut-être ne fut pas dans l'esprit de Fréda.

— La joie et la tristesse n'habitent pas ensemble aux mêmes endroits, lui répondis-je un peu sèchement.

Et encore une fois je m'aperçus que nous nous étions compris bien qu'en apparence des distances se fussent illimitées entre nous. À quoi bon rêver l'impossible ? pensai-je en m'accablant des évidences de l'Irréparable.

Je n'espérais plus rien : je n'aurais pu dire quel espoir autrefois avait pu alimenter mes sottes confiances dans la vie. Je me demeurais ainsi obscur et inconnu avec une lumière en moi qui ne m'éclairait pas.

IV

Je partis visiter un parent en province. Sa maison fut la mienne pendant près de deux semaines. Une solitude de grands jardins l'entourait et elle était située à l'extrémité de la ville. Je ne cessai pas de penser à Fréda dans le calme de cette vie si nouvelle pour moi. J'y pris des résolutions sages, conformes à notre situation ; je me crus assuré contre le retour de mes défaillances. À notre âge un recru d'amour n'eût été qu'enfantillage ; elle-même l'avait dit ; et le monde, les inexorables préjugés dressaient une barrière entre nous. On ne va pas à l'encontre de certaines conditions de l'existence.

D'ailleurs, avec la précision des diagnostics qui est une vertu professionnelle, je m'étais minutieusement analysé. Le spontané et juvénile amour était sans analogie avec la nuance d'affection attendrie et mémorative que j'éprouvais pour Fréda. J'avais atteint cette courbe du versant des jours où l'on est plus près de la mort que de la vie, où toutes choses s'arrangent pour nous fortifier dans l'idée que les sentiments des hommes, à mesure que s'accourcit la durée de notre passage terrestre, ne sont que les modes compliqués et différents de la souffrance.

L'amour ne raisonne pas comme je raisonnais : il est l'entraînement vers un état de l'âme qui a soif de se réaliser et je ne croyais pas qu'il y eût encore pour moi quelque chose de réalisable. Même la pensée qu'avec mes cinquante ans j'aurais pu recommencer la funeste aventure de l'amour me causait une gêne morale. Ma vie accomplie me laissait plutôt le sentiment que j'étais un vieillard plus âgé encore de cœur que d'années.

Peut-être ce ne fut là, en effet, que la trouble conséquence d'une mentalité déjà sénile. J'eus la rougeur intérieure de me sentir à moi-même un sujet de risée, comme un homme pris de vin qui s'apercevrait nu dans les miroirs. Et je ne pouvais m'empêcher aussi de penser que Fréda, sous l'argent léger de sa chevelure, n'était plus la même femme de qui s'était tourmenté mon cœur inquiet de jeune homme. Dans ma dure clairvoyance, je l'analysais aussi inflexiblement que je m'étais analysé moi-même. Ô Fréda ! amie infiniment belle et pure, l'égale des puissances bienfaisantes de la nature, tu cessas de rayonner de la divine lumière spirituelle que tu portais en toi, tu m'apparus seulement le vestige d'une beauté autrefois glorieuse et déjà pâlie.

Oh ! tout était bien changé. Je n'eus pas même à m'interdire comme un bonheur coupable, comme une sacrilège et imméritée injure, le tremblant effleurement du désir au charme sévère, aux ineffables stigmates de ta personne nouvelle, maternelle après avoir été nuptiale !

J'en arrivai ainsi à me persuader que j'avais subi un de ces retours de la vie où, en croyant vivre dans le présent, c'est encore de la souffrance et de la joie du passé que l'on vit. Mes défaillances n'avaient été qu'un mal passager de ma sensibilité, la légère irritation de mes fibres anciennement blessées et qui, en la voyant soudainement paraître, s'étaient souvenues que pendant un temps de notre existence, elles étaient demeurées nouées aux siennes et ensuite s'étaient détachées.

Comme des limbes, comme de la rive adverse d'un Léthé, Fréda s'était manifestée silencieuse et voilée d'abord ; elle était venue vers moi, elle s'était avancée hors des frontières du passé, après les avoir de si loin dépassées que longtemps elle sembla avoir cessé d'exister pour moi. Et puis son visage s'était fait reconnaître, elle devint la présence vivante d'un cher et immortel souvenir.

Oui, me dis-je, c'est cela même : toute vie ancienne est morte sous nos actuelles apparences ;

et pourtant Fréda se meut, elle circule, elle vit en moi de toute l'impérissable beauté des êtres de mémoire. Je l'ai aimée au rebours des heures présentes, je n'ai pas cessé de l'aimer dans la part de mes jours antérieurs. Alors je sentis descendre une grande paix ; je ne me défiais plus d'elle ni de moi. Et j'étais un homme qui, après une longue absence, voit s'avancer par les portes ouvertes la forme spirituelle d'une amante qui jadis lui fut autrement connue.

V

Je repris mon service au bout de quinze jours : on ne s'attendait à me revoir que vers la fin du mois. Fréda vint ; elle resta un instant sans parler ; ses paupières battaient très vite, et elle avait gardé l'aimable et facile rougeur de certaines jeunes femmes ; les roses d'une ardente sensibilité fleurissaient ses joues pour des émois légers. Elles reparurent, elles s'étendirent comme un sang de vie, comme le bruinement de la fontaine intérieure, mais pâlies, devenues les roses languissantes et frêles des derniers jours de l'automne. Je me rappelai qu'elle avait rougi ainsi dans la fraîcheur de son été, à l'âge de ses roses vives, chaque fois qu'en me voyant apparaître sous le soir des lampes chez ses parents, elle avait l'illusion ingénue de croire m'apercevoir pour la première fois.

Cependant ce ne fut pas là un signe de joie comme j'osai l'espérer un instant ; une ombre attristait ses yeux, descendue de la palpitation rapide de ses cils ; et peut-être elle ne se rendit pas compte des sentiments qui l'agitaient.

Je lui pris la main, je lui dis :

— Fréda, je n'aurais pu rester plus longtemps là-bas…

Le son de ma voix dans le grand silence des salles m'effraya ; je fus troublé de l'avoir appelée publiquement par ce nom familier qui était celui dont secrètement je l'évoquais dans mes pensées, dont pendant la solitude de mes vacances, je n'avais pas cessé de me la rendre présente.

Elle eut un léger sursaut, comme si j'avais porté mes mains sur sa personne. Une des deux dames qui étaient près de nous me regarda avec une expression singulière d'étonnement et de confusion, et puis tout à coup baissa les yeux : elle n'eût pas eu une attitude différente si elle nous avait surpris en faute. Mais l'autre dame me sourit ; et je ne savais plus comment réparer mon imprudence.

Je restai entre elles trois inquiet et gauche, avec la sensation d'avoir brisé sous mes pouces un vase fragile d'où une fine essence s'était répandue.

J'appris plus tard que la première ignorait le déchirement de notre vie : elle ne devait jamais pardonner par la suite à ma chère Fréda la beauté de son sacrifice. Mais notre destinée déjà n'était plus inconnue de celle qui resta notre amie et nous garda la constance de son bienveillant et un peu malicieux sourire.

Fréda, au bout d'un petit temps, révéla la présence d'esprit d'une femme qui sait dissimuler sans cesser d'être sincère. Elle se mit à son tour à sourire et leur dit :

— Il n'y a là rien d'étonnant. Le docteur m'a connue quand j'étais encore jeune fille.

Une situation spécieuse se dessina ; j'insistai discrètement :

— Mais oui, Mme Darbois n'est pas tout à fait une inconnue pour moi.

Un charme de connivence régna, l'aimable jeu d'une entente entre deux personnes qui subtilement voilent sous un badinage léger le secret d'une ancienne douleur. Je croyais encore qu'à la faveur des années, la prescription de l'oubli s'était étendue sur notre vie. L'imprévu de notre rencontre me semblait avoir ajouté au mystère qui recouvrait son passé et le mien.

Fréda, en m'aidant dans mes tristes offices, garda ce jour-là une apparence d'enjouement qui n'était pas dans son caractère. Je la remerciai intérieurement d'avoir ainsi voulu réparer à mes propres yeux l'ennui d'un mouvement inconsidéré. Le ton léger dont elle s'entretint avec moi fut comme un retour à l'âge de la jeune fille heureuse qu'elle avait été quand nous ne connaissions encore que la joie. Cependant nous ne parlions que des choses qui nous entouraient.

— J'ai fait de mon mieux, me dit-elle, pour ne pas trop vous faire regretter de nos malades.

Et doucement elle appuya sur ce possessif qui nous attribuait une communauté dans des maux consolés par un même souci d'humanité fraternelle.

J'entrevis soudain la profondeur du sentiment qui, après les autres liens rompus, me rattachait à elle. Une lumière brilla, éclaira les parties obscures de mon être comme si un homme inconnu m'était né, comme si seulement je commençais à me connaître après une période trouble où je m'étais demeuré ignoré. Quelque chose de plus fort que l'amour nous avait rapprochés et c'était encore de l'amour, mais un amour agrandi de toute la passion souffrante de la créature, de toute la religion divine de la pitié.

Ainsi une beauté nouvelle chez Fréda s'était levée sur l'orgueil de la beauté ancienne. Elle portait entre ses mains la lampe des charités éternelles, et un rayon en était parti qui, venu jusqu'à moi, élucida la connaissance de ce qu'il nous était donné de devenir l'un pour l'autre.

Je remarquai que *nos* malades la considéraient d'un air de respect attendri, comme si dans leurs souffrances elle leur fût apparue l'étoile même du salut. Ses gestes délicats effeuillaient l'espoir sur leurs visages torturés ; il leur restait aux yeux une clarté après avoir bu dans les siens la lumière secourable qui les emplissait.

— Je voudrais, lui dis-je. qu'ils se souviennent un peu de moi à travers le charme bienfaisant de votre présence.

Elle comprit ma pensée et détourna la tête. Je ne pouvais m'en aller, je prolongeai de plus d'une heure le temps habituel de mon service.

Il me resta la douceur d'avoir communié avec elle dans une joie très haute, dans la céleste sympathie. Mes mains furent parfumées de l'odeur des plaies qu'elle aussi avait touchée.

VI

Ces mouvements de ma sensibilité nouvelle, déterminés par des faits d'apparence menue, maintenant suffisaient à ma vie. Celle-ci eut un axe et se mut au rythme plus large de mon cœur. Je sentis que je pourrais vivre pour elle, en vivant avec elle pour les autres ; et nos deux existences n'étaient plus séparées, mais se trouvaient rapprochées dans la charité et l'idéal. Fréda me revenait dans le temps où j'avais oublié que nous avions souffert l'un par l'autre, où mûri par d'anciennes douleurs, j'avais dépouillé l'âme orageuse qui fut la cause première de nos déchirements. Elle cessa de m'apparaître comme l'ombre blessée, comme le léger fantôme en deuil du passé : elle fut bien plutôt l'Esprit eucharistique qui m'apportait les baumes et m'ouvrait les portes de la résurrection.

Ma vie fut régie par la correspondance mystérieuse de nos âmes au sein de la souffrance ; et elles ne souffraient pas, elles ne semblaient plus se souvenir. Les lies de la douleur semblèrent s'être décantées pour ne laisser subsister qu'une essence très pure, la liqueur généreuse qu'aucun moût ne fermente plus et qui procure l'apaisement des certitudes.

Il me parut vraiment que nos âmes, dégagées de nous, s'étaient déportées dans les autres à travers un fluide subtil ; et nous n'étions pas atteints matériellement par leur souffrance, nous ne ressentions que la joie inexprimable de les consoler. Ou plutôt ce fut la sensation délicieuse d'un état de nos âmes où hors de nous, nous vivions la détresse humaine et n'en gardions que l'exaltation de nous être perçus en plus intime accord avec nous-mêmes.

Ces nuances délicates d'une sorte d'impersonnalité de nos êtres, je ne les éprouvai peut-être si vivement que pour les avoir ressenties à travers son grand cœur secourable.

Fréda, de l'immense supériorité de son sacrifice quotidien, car elle ne se bornait pas à sa mission d'infirmière à l'Œuvre et chaque jour séjournait de longues heures au chevet des malheureux, régla ainsi les mouvements de ma vie. Elle avait cessé de vivre pour elle et vivait pour l'infortune des autres. Elle parut avoir renoncé à la vie pour mieux la transmettre à ceux qui en étaient dénués ou manquaient des énergies nécessaires à la prolonger. Elle était l'image même du secours et de la persévérance dans les voies de la miséricorde.

Elle prit bientôt assez de confiance en moi pour me révéler la loi qu'elle s'était faite de ne perdre aucun jour sans approcher de la Sainte-Table des communions fraternelles. Elle parlait de cela simplement, avec une humilité qui était comme la pudeur de ses charités. Peut-être ne m'en eût-elle rien dit si, en me les révélant, elle n'avait cherché à m'y associer.

Je visitai les détresses qu'elle me signala ; je fus le médecin des agonies sur lesquelles s'étendait sa main propitiatoire. Cependant elle ne m'accompagnait pas : je sentis que je n'avais pas mérité encore de me rencontrer avec elle au bord des lits dont elle était la providence.

Je compris alors aussi que cette odeur de l'âme, ce parfum miraculeux et floral de la beauté intérieure que la légende fait s'exhaler de la présence magnifique des béatifiées et qui rendait divines les approches de sainte Rose de Lima, n'était pas une fiction. Je demeurais penché sur l'âme de Fréda et savourais son arome délicat à l'égal d'un subtil jardin rafraîchi par les rosées du matin.

Ma vie, en se confondant à la sienne, eut des fastes ignorés, des retentissements délicieux d'elle à moi où toutes choses nous devenaient concomitantes même à travers la distance comme par l'effet d'une télépathie ; et nous ne nous parlions pas de nous-mêmes ; nous en restons bien mieux l'un avec l'autre.

Certaines existences sans profondeurs apparentes sont ainsi dirigées par de simples événements obscurs auprès desquels la destinée compliquée des empires et les lois qui les projettent en divers sens ne semblent pas plus merveilleuses. Un enchaînement de causes mystérieuses nous avait, des bords opposés de la vie, ramenés par des chemins purifiés, avec des yeux clairs qui en nous regardèrent s'éveiller une autre âme visible et meilleure, revirginisée aux eaux lustrales de la douleur et de la charité.

Cependant je ne raisonnais plus mes sentiments. Je me laissais aller à l'entraînement des heures, au charme bienfaisant de la sentir vivre en moi comme une vie qui était encore la mienne. Je subissais je ne sais quelle intime évidence que nous n'étions pas les maîtres de nos vies, qu'elles finissent toujours par s'arranger d'elles-mêmes selon le plan de leur prédestination. J'étais sûr à présent que la mienne me mènerait vers le point auquel elle devait aboutir ; mais je ne m'entretenais pas de cela avec moi-même, comme si je m'étais avéré l'inutilité de toute participation de la volonté à l'ordre préétabli des conjonctions.

La nécessité de me surveiller devant les autres dames de l'Asile ne rompait pas cette harmonie tranquille. Nos rencontres étaient graves et émues ; elles avaient la simplicité des choses sans mystère et qui cependant ne sont pas usuelles. Nous n'avions rien à nous cacher devant les personnes présentes, puisque nous n'avions plus rien à nous dire de tout le temps de notre existence qui n'était pas les moments que nous passions l'un près de l'autre. Pourtant ces moments gardaient quelque chose de secret et d'inavoué qui nous les rendait plus délicieux. De quelque nom que nous nous fussions appelés dans le passé, elle et moi nous sentions maintenant unis aux sources mêmes de l'être par une communion d'autant plus profonde qu'elle n'éprouvait pas le besoin de s'exprimer. Nous parlions peu ; elle me disait d'un regard ce qu'elle avait à me dire ; et ce qu'elle me disait se rapportait aux autres plus qu'à nous-mêmes.

J'eus ainsi bientôt le sentiment qu'elle commençait seulement d'exister pour moi ; j'étais vis-à-vis d'elle comme un homme qui ne se souvient pas d'avoir connu autrefois la femme qu'il a devant les yeux. L'avais-je vraiment connue avant la minute où elle me révéla son essence véritable ? Et tout le reste ne se bornait-il à des apparences engendrées d'une âme qui s'ignore encore elle-même ? Les âmes, comme les espèces, n'arrivent à la vie qu'à la condition de germer dans des milieux propices. Je la revoyais donc sans trouble extérieur, sans qu'il me fût à présent nécessaire de faire un effort pour oublier qu'il y avait en nous des choses que le monde ne devait plus savoir. Et Fréda aussi sembla oublier que notre vie nouvelle n'était que le secret d'une autre.

VII

J'allai un matin vers le jardin. C'était déjà l'automne et il y avait un livre sur le banc ; je sus ainsi qu'elle était venue là avant moi. Une feuille morte détachée d'un châtaignier faisait un signet entre les pages. Peut-être elle s'était interrompue de lire à cet endroit. Peut-être, en y glissant la feuille, voulut-elle simplement marquer un passage de la lecture qui l'avait frappée. J'ouvris le livre, je cherchai aussitôt si quelque pensée se rapportait à notre état d'esprit ou à la condition de notre vie. Mais ces lignes étaient sans analogie immédiate avec nous-mêmes : je n'y trouvai que des vérités noblement exprimées, de ces vérités desquelles on peut dire qu'elles sont intérieures, à la joie profonde de les avoir déjà senties en soi comme la paroi divine de l'être ; et toutes disaient la beauté de la vie si elle est vécue pour les choses qu'elle porte surnaturellement en elle. Elles étaient comme de clairs miroirs où l'âme apprenait à se connaître, où elle s'apparaissait à elle-même du fond de ses voiles.

Aucune cependant ne s'appliquait plus particulièrement à nous, bien que toutes eussent un sens qui était encore notre vie. Et je me demandai si ce n'était pas cette feuille morte entre les pages qui renfermait un symbole. Fréda, en l'intercalant dans le livre, en regard des pensées qui exaltaient la haute vie des âmes, en voulut-elle faire un signe pour exprimer qu'il faut toujours en revenir à la mort ? C'eût été alors, cette sèche et nerveuse arborescence au dessin d'une main palmée, comme un fermoir qui à jamais, avec un funèbre emblème, scellait, par-dessus le livre de vie, l'inutilité de l'espérance.

Ma rêverie s'attrista. Ô Fréda, pensais-je, toi seule de nous deux avais donc cessé de croire encore à la vie ? Le ciel nébuleux soudain s'éclaira par-dessus le jardin et toutes les feuilles, à peine damasquinées de rouilleuses fibrures, tenaient encore au grand arbre : il n'en était tombé qu'une, que Fréda avait glissée dans le livre.

La lumière dora l'arbre, les feuilles eurent le bruit joyeux des mains d'une foule. Je ne pensai plus à la mort ; l'espoir, la vie, les forces furent en moi ; et une page resta ouverte d'où quelqu'un, d'un doigt divin, repoussait la feuille morte.

Elle s'envola au vent de la vie, au vent venu des limites du jardin. Je la regardai un instant tournoyer et puis elle ne demeura plus visible. Et je détachai du châtaignier une feuille verte toute fraîche encore d'été et la plaçai au cœur du bon livre, au trésor des vérités secourables, en signe de jeune immortalité, là même où régna l'autre symbole. Ensuite je m'en allai, pensant qu'elle reviendrait chercher le livre. Et une jeunesse légère circulait en moi.

Cependant, quand je la revis, elle ne me parla pas du livre ; et depuis l'autre fois, nous ne nous étions plus retrouvés ensemble dans le jardin.

Aux heures tièdes, des malades y venaient s'asseoir près d'un bassin où grésillait un jet d'eau : c'était pour eux la terre verte, après la réclusion affligée des salles. Le musical tintement de la girande leur versait une joie de délivrance, un espoir infini de guérison comme s'ils entendaient en eux-mêmes monter toujours plus haut le jet d'eau gracieux, la claire fontaine de vie. N'étais-je pas, moi aussi, un malade blessé aux fibres profondes ? Je n'espérais rien de la vie et j'espérais tout de Fréda : elle était pour moi un jardin bien plus délicieux que celui qui rafraîchissait ces âmes douloureuses. Une source ne cessait de s'y épancher et cette source était ses charités vivantes.

Un jour, comme je m'étais arrêté sous le châtaignier, elle apparut sur la porte. Elle n'était pas seule ; elle soutenait par le bras une jeune femme rongée d'un mal horrible et dont le visage était masqué d'un capuce. Ensemble elles s'avancèrent par les allées ; un soleil pâle bruinait entre les feuilles ; l'air était très doux ; et elles ressemblaient à des ombres. Mais une seule, sous ses voiles, avait l'apparence d'une de ces ombres désolées comme en vit Virgile dans sa descente aux Enfers.

Fréda à pas lents mena sa triste compagne vers le banc ; elle l'assit près d'elle, et je ne sais pourquoi encore une fois elle parut avoir mis entre nous l'image de la mort. Cette femme, en effet, avec sa face dévastée jusqu'à l'os, était bien pareille aux figures dont un goût funèbre décore les anciens tombeaux et qui, sous un pan de draperie soulevée, laissent apercevoir un masque macabre.

Fréda, à côté d'elle, apparaissait la consolatrice, celle qui lève le doigt vers le ciel et annonce les palmes bienheureuses. Jamais je ne compris mieux la beauté fraternelle qui la rendait désirable aux malades comme une urne miraculeuse, le charme inexprimablement secourable de sa présence auprès des lits où, telles de monstrueuses fleurs vénéneuses, suppurait l'infection hideuse des races. Elle se montrait et déjà ils étaient allégés. Ses approches se parfumaient de l'odeur des ardentes roses de sa pitié. Elle portait dans les mains le vase précieux des Saints Chrêmes, apparue devant leurs yeux blêmes comme une sœur des inépuisables miséricordes, comme une des saintes femmes qui se donnent en holocauste aux agonies des malheureux. Et je pensai : Se peut-il que ce soit la même femme que j'ai connue autrefois ? Une grande douleur, une infiniment triste destinée seule a pu faire fleurir la splendeur de telles charités. Mes souffrances à moi ne sont rien à côté de celles qu'elle dut endurer. Et à présent tout limon terrestre s'en est allé, il ne reste plus en elle que la créature spirituelle, dans une beauté de vie accomplie.

Je levai un doigt vers l'arbre, je lui dis :

— Ô Fréda ! toutes les feuilles ne sont pas mortes. Il n'en est tombé qu'une et les autres sont vertes.

Elle ne regarda pas l'arbre, elle comprit le sens mystérieux de mes paroles.

— Oui répondit-elle, l'été est passé, l'ardent et sombre été, et cependant il y a là toujours des feuilles et elles sont encore vertes après tant de temps.

Une émotion délicieuse coula. Elle tenait doucement ses yeux fixés sur les miens. Et je dis encore :

— Chaque feuille est comme une pensée d'espoir dans le grand arbre de vie.

Alors, de dessous le capuce, s'agita le visage supplicié de la femme. Elle écarta le tissu, elle avait gardé la beauté des yeux dans l'impureté du mal, et maintenant elle considérait aussi le châtaignier.

— Ô comme il est vert ! s'écria-t-elle. Je puis le voir encore avant que l'automne ait achevé de le faner. N'est-ce pas un heureux présage pour moi ?

Elle avait la voix mélodieuse du jet d'eau là-bas grésillant sous les feuillages. Et Fréda lui prit la main et dit :

— Il ne faut jamais finir d'espérer, madame.

Cependant, entre les pages du livre, il y avait une feuille morte.

— Ô Fréda ! m'écriai-je, est-ce bien là toute votre pensée ?

Et elle me répondit :

— Il y a toujours une feuille morte qui tombe avant les autres. On ne sait pas pourquoi elle s'est détachée de l'arbre vert. Elle nous parle de ce qui n'est plus. Et ensuite un vent la disperse.

Ainsi nous nous entretenions avec mystère ; et nos paroles avaient un sens perceptible pour nous seuls. La femme était restée perdue dans la contemplation du châtaignier et ne nous entendait pas. Et dans cette minute profonde, nous avions tenu à la fois le passé et l'avenir. Ensuite nous ne nous dîmes plus rien comme si tout eût été dit et que nous fussions demeurés sans force pour épuiser ce qu'elle contenait d'éternel. Fréda, au bout d'un peu de temps, se leva ; toutes deux remontèrent l'allée ; et l'ombre douloureuse, pour avoir vu l'arbre toujours vert, sembla aussi délivrée.

Fréda du seuil me fit un signe d'adieu. Elle n'avait plus le même visage triste et grave : une jeunesse divine, une fraîcheur de vie lui donna tout à coup une beauté inconnue et claire.

— Oh ! me dis-je, c'est bien là le pardon ! C'est bien là l'oubli ! Et son cher visage est à présent celui d'une autre femme qui ne semble pas avoir connu la douleur.

VIII

Nous n'allâmes plus que deux fois ensuite vers le banc. De suprêmes chaleurs palpitaient au cœur des grands arbres. Un soleil las, l'or terni des feuillages, l'évent alangui des senteurs montées de la terre et des écorces suggéraient d'harmonieuses et tardives épousailles, un noble hymen d'âmes silencieuses, dépouillées du goût amer de la jeunesse. Toute la beauté n'est pas dans l'été, aux âcres et turbulents remous de la vie lascive ; celle-ci est trop près des origines ; elle touche encore à l'âge élémentaire des races ; et la jeunesse de l'homme ressemble aux périodes troubles du monde, travaillées de feux volcaniques.

C'était là une pensée qui me revenait souvent ; elle me laissait la joie de m'être accompli en vieillissant. J'avais descendu la colline de mes jours et à mesure mes pas m'avaient rapproché de la vallée verdoyante et bruissante d'eaux où, loin des orages, dans la sérénité des heures, l'âme, avec les sucs tardifs, se compose un miel que n'altère plus aucune acidité.

Il me sembla que je commençais seulement de vivre. L'autre vie, comme un passage à travers des sols bouillants et des airs furieux, n'était rien à côté des frais repos, des sédatives contemplations de cette Tempé où se goûtait la divine harmonie intérieure.

Nous fûmes seuls un matin : c'était un jour charmant du milieu de l'automne. Les fleurs expiraient un arome éteint, comme le reste des puissants bouquets de l'été. Les dernières abeilles, d'un vol déjà blessé, avec des ailes plus belles, tournoyaient au soleil.

Fréda donc était venue, car je lui avais dit que j'allais moi-même aux jardins ; et nous restâmes là un peu de temps à regarder la douceur des choses, avec le gonflement de nos cœurs, sans nous parler. Mais bientôt je lui pris la main. Je sentais que des paroles devaient être dites, irréparables comme toutes celles qui sortent de l'âme aux heures graves de la vie. Et peut-être elle était descendue aussi aux jardins pour les entendre.

Maintenant une tendre et exaltée superstition pour moi s'attachait à ce banc où pour la première fois nous avions lu au fond de nous. Il était comme le point d'une route où, par des sentiers opposés, nous étions venus l'un vers l'autre. Et je lui dis :

— Ô Fréda ! il n'y a pas de plus grande solitude que celle qui entoure deux êtres comme nous. Nous sommes, parmi la vie des êtres, si isolés que nous n'appartenons plus qu'à nous-mêmes. Aucun chemin ne va plus de nous vers le monde. Nous sommes comme des îlots perdus dans l'immensité des eaux. Et peut-être aussi il n'y a pas de plus grand bonheur ; car à présent nous avons cessé de ressembler aux autres hommes, mus par des forces aveugles en dehors de leur volonté. Et tout ce que nous ferons, nous le ferons désormais dans la plénitude de notre conscience.

Je m'aperçus alors que je parlais comme si déjà antérieurement nous avions décidé de ne plus séparer nos destinées. Cependant elle ne m'avait rien dit jusque-là qui pût me laisser croire qu'il y eût entre nous autre chose que la sympathie éveillée de nos malheurs mêmes. Nos âmes jamais n'avaient franchi les limites du mystère qu'elles étaient l'une pour l'autre ; elles s'étaient avancées jusqu'au bord de nos lèvres et ensuite elles étaient rentrées dans la maison secrète où elles vivaient solitaires.

Fréda ne me regardait plus : ses yeux, perdus devant elle, semblaient fixer moins un point de l'espace qu'un point de la durée, au fond de cet inconnu des temps où par avance sont résolus les événements. Et elle n'avait rien dit ; je tremblai qu'elle ne répondît par le silence à mon exaltation.

— Ô amie ! laissez-moi vous donner ce nom que justifia une longue conformité de peine. Amie, ne m'avez-vous pas entendu ?

Ainsi de nouveau je lui parlai avec un souffle si bas qu'à peine j'ouïs le bruit de ma voix. Et je vis dans ses yeux évanouis revenir une lumière lointaine. Elle échappa aux ombres, elle en avait gardé la pâleur et, très bas aussi, elle me dit :

— Je vous écoutais comme en rêve... Et tout cela n'est-il point un rêve en vérité ?

— La vie n'est point autre chose, Fréda. Nous croyons vivre et nous rêvons ; nous allons devant nous les yeux fermés vers des buts que nous ignorons. Et seulement notre vie en nous sait ce qu'elle veut et ne peut le dire. Vous m'êtes revenue comme du fond d'un rêve, ô céleste amie retrouvée ! Et je ne vous connaissais pas encore et cependant je vous ai reconnue. Tout cela en effet a bien l'air d'un songe.

Alors, comme si, après être restée longtemps obscure, elle sortait tout à coup d'un nuage et enfin se révélait à moi, elle me dit :

— Oui, c'est bien moi. Et pourtant, je ne suis plus l'ancienne Fréda qui vous était connue.

Sa voix me parut délicieuse comme l'éveil du matin, comme les premières rumeurs de la vie, et un jour se leva, qui n'avait point été précédé d'autres jours.

— Fréda, vous m'êtes apparue comme la jeune fille que vous étiez avant que…

Elle avança sa main vers mes lèvres, et ainsi le passé fut comme s'il n'avait jamais existé, car aussitôt, au contact de cette main qui sur ma bouche scellait l'oubli, tout s'effaça.

J'avais pris ses doigts, je les appuyai longuement à mon visage. J'aurais voulu mourir dans la douceur de cette minute, avec sa main sur mes yeux fermés. La vie fut expiée ; aucun de nous deux ne sut plus lequel avait eu des torts envers l'autre. Et ensuite, il ne fut plus jamais question entre nous deux du temps qui avait précédé ce ui-là.

— Ô Fréda, lui dis-je, vous m'êtes apparue la première femme et le premier matin.

Et ainsi il n'y eut plus en nous que des pensées riantes et légères.

Cependant je ne lui demandai aucun sacrifice nouveau. Nous étions comme deux âmes libres et qui se sont attendues et qui n'ont pas besoin de se prouver par des témoignages extérieurs le don qu'elles se sont fait d'elles-mêmes. Je ne lui parlai donc pas de l'avenir ; le temps pour des bonheurs comme le nôtre est contenu jusqu'en sa durée la plus profonde dans l'heure, si brève qu'elle soit, où l'on acquit la certitude de n'avoir rien à redouter de lui. Et à peine l'homme peut se faire une idée de l'éternité : pourtant, comme une mer sans rivage, elle est bue dans la goutte d'eau qui est, au regard de son énormité, la parcelle infinitésimale de la durée où nous avons soif.

J'étais près de Fréda comme un homme nouveau, comme un homme ingénu et qui ne connaît point encore la vie. Nous étions au bord des jours, dans la beauté vierge du monde. Et une éternité coula. Aucun de nous ne vit que le châtaignier au-dessus de nos têtes commençait à se dépouiller de ses feuilles ; il reverdissait bien plus vert en nous-mêmes.

IX

Une dernière fois ensuite nous allâmes sous l'arbre. C'était la fin de l'automne ; toutes les feuilles étaient tombées. Et nous nous dîmes sans tristesse :

— Oui, c'est bien ainsi, les feuilles sont tombées. Mais l'arbre vit. Il garde au cœur un trésor de sèves généreuses ; sa vieillesse, comme un jeune renouveau, sera rafraîchie par de jaillissantes sèves.

Ainsi elle et moi, nous devisions depuis l'autre divine minute sur le banc : un flot merveilleux de jeunesse lui montait constamment du cœur aux lèvres. Mais quelquefois, elle ne pouvait trouver de mots pour fixer la beauté de ses sentiments et ses yeux seuls me parlaient. Je suivais dans leur lumière le reflet de ses pensées ; elles s'adaptaient aux miennes ; nous n'aurions pu dire lequel de nous deux les avait conçues d'abord.

Or encore une fois, en évoquant la force d'éternité du grand arbre, elles s'étaient confondues. Nos paroles à notre insu prirent un sens qui pour tous deux se rapportait à la jeune vie qui profondément nous rafraîchissait. Il n'y avait plus de soleil ; les feuilles s'épaississaient molles et denses autour de nos pieds. Soudain une abeille vola, une de ces abeilles virgiliennes, filles de la mort. Fréda ne connaissait pas la fable latine ; mais un nom, un souvenir comme une abeille spirituelle vola à sa bouche. Et ce fut encore l'âme d'un poète, d'un brahme pensif et ébloui, le tendre Michelet de l'*Insecte*.

— Ah ! me dit-elle, comme il eut raison ! Ce n'est pas l'abeille de la mort, mais de la résurrection !

Le mot élucida toute l'immense ténèbre. D'un élan de son cœur, d'un pressentiment adorable elle dit la conjecture, peut-être la solution véritable. Nos âmes renouvelaient le miracle de penser la même chose, la chose divine montée des sources de l'être.

Fréda ainsi fut confondue à mon acte de foi ; elle m'apparut la communion dans la vie sans arrêt, l'éternité des races. Et la mort s'en alla de nos esprits comme déjà elle s'en était allée de notre vie. Il ne demeura plus que la petite abeille venue sur le tard, aux approches des jours malades de l'hiver et qui, volante entre deux éternités, refaisait avec les germes de la mort la substance de la vie nouvelle.

— La mort, Fréda, lui dis-je, n'existe pas. Et tout renaît, tout est métamorphoses. Le flot pousse le flot vers les rivages d'éternité.

D'intimes effusions montèrent à nos yeux, s'emplirent de la rosée des grandes joies silencieuses. Et l'infini s'était révélé. Elle m'avait abandonné sa main et je la retenais entre les miennes.

Fréda, dans cet instant prophétique, m'apparut très haute et lumineuse, avec des doigts de mystère et qui avaient touché au mystère pour en faire jaillir la connaissance. Elle était comme la vestale qui souffle avec la bouche sur le feu de l'amour et de la vie. Elle fut elle-même le symbole divin du miraculeux recommencement des choses. Et ses mains entre les miennes étaient froides d'affres exquises comme en un départ de l'âme, l'évanouissement de la forme matérielle sur des seuils de clarté. Je ne pensais plus à l'ancienne femme que j'avais connue.

Ce fut la dernière fois que nous allâmes sous l'arbre, car ensuite il vint des jours de pluie ; mais nous portions en nous la sensation d'éternité, nous avions marché devant les autres hommes jusqu'au bout des chemins. Nous avions approché de l'inconnu de nous-mêmes et de la vie. Et une lumière longtemps resta dans nos regards.

X

Un de mes parents, habitant la province, mariait sa fille. Je l'avais connue enfant ; son père me pria de l'assister comme témoin. J'acceptai d'autant plus volontiers qu'une ancienne affection nous liait. Je ne prévoyais pas encore que ce retour à des pensées charmantes et tristes me deviendrait un inévitable sujet de douleurs. J'arrivai la veille du mariage : je descendis dans la maison même de mon parent.

Selon la coutume des petites villes, un grand repas réunit les invités. On m'avait placé à la droite de la mariée. J'eus ainsi près de moi, pendant toute la durée du festin, ce petit cœur qui pour la première fois connaissait l'amour. Sans être jolie, elle avait le charme des natures droites et modestes ; mais, dans le grand changement de sa vie, avec les idées graves que lui inspirait le sentiment de ses devoirs nouveaux, son visage avait presque de la beauté. Je fus pénétré une fois de plus de cette vérité que la beauté, dans son expression la plus haute, est le reflet de l'exaltation morale où sont projetées les âmes aux heures de sensibilité suprême. Le mariage ramène pour une jeune fille chrétienne, à la veille de l'instant où elle va être femme, l'infiniment tendre splendeur mystique qui flottait en lumières pâles et profondes dans ses prunelles au temps de la Première communion. Ce sont les deux âges de sa vie où la blancheur de sa robe apparaît réellement symbolique de son état de pureté, et elle s'y manifeste comme détachée de la terre avec un visage qui, même chez les plus laides, s'illumine d'une grâce spirituelle.

Toute pâle et frémissante sous ses satins d'argent, ma jeune parente m'évoqua les petites vierges des triptyques après la visitation de l'Ange. Elle ne parlait pas et demeurait comme perdue dans un songe, ses mains sur la table, ses longues mains fines auxquelles le prêtre venait de passer l'anneau.

La gaîté des convives bientôt monta ; mais à mesure qu'elle devenait plus bruyante, moi qui m'étais abstenu de vin, je me prenais à repenser à l'heure de ma vie où, comme l'époux qui, parfois, pressait à la dérobée les doigts de cette enfant novice, je me tenais assis près de Fréda. Alors aussi, comme ce jeune homme, je croyais voir s'ouvrir devant moi des seuils de bonheur ; et Fréda, dans tout l'éclat de sa beauté, grave, souriante, toute pâle, avait l'âge de la douce mariée.

Cette pensée ne me quitta plus. Elle devint pour moi la cause d'un si grand tourment que, profitant du tumulte qui s'accroît au moment où les époux quittent la table, je me glissai parmi les groupes et gagnai la rue.

Dans le soir du trottoir, sous la première neige de l'hiver, la marquise était restée, avec ses hampes lancéolées d'or, comme une tente de parade. Là, tout à l'heure, à petits flots de satin et de velours, en sillages légers de parfums, avait défilé le décolletage emmitouflé des dames ; là, très vite, dans le froufroutement des satins, avaient couru les petits pieds blancs de la mariée après l'église. Comme un cortège, les flexibles tailles, les belles épaules nues aux pâleurs frémissantes de grandes fleurs, se déroulaient.

Et maintenant la nuit était tombée. Un petit coupé mystérieux stationnait près de la marquise, avec son cocher en palatine, immobile sous le vol des flocons blancs, les rênes et le fouet dans ses gros gants fourrés. Les hautes fenêtres du rez-de-chaussée et de l'étage se découpaient en lumières d'or sur la façade sombre aux balcons ouatés, aux cariatides habillées d'hiver. Des silhouettes constamment se mouvaient sur la transparence claire des stores. Des corsages de femme, des ombres fines de jeunes filles, des épaules d'homme passaient avec des gestes de marionnettes, frêles et brusques. Toute la vie du vieil hôtel semblait s'être concentrée dans cette clarté égale, heureuse, tiède, versée par les lustres et les girandoles. Plus haut le second étage, tout noir, alignait dans la nuit sa rangée de grandes vitres froides, derrière lesquelles se reculait la mort des chambres.

Le petit coupé attend ; son caisson est duveté de neige ; le cheval s'impatiente et fait sonner ses gourmettes. À peine les passants prennent attention à ce cocher rentré en boule sous ses fourrures. Pourtant il est là, dans son attitude de personnage muet, comme une figure du destin. Jamais la petite mariée n'oubliera la minute qui suivra, le coupé dans la neige, le claquement de la portière retombant sur sa gêne de petite femme toute neuve, frileusement blottie au fond des capitons.

Les ombres là-haut défilent et s'agitent avec des airs de pavanes et de madrigaux. Les flocons, comme des plumes de cygne, dansent aux palettes de l'éventail lumineux que, dans l'air glacé, dessine l'écartement des stores. Quelquefois le vieux cocher étire la nuque de dessous sa palatine. Il ne regarde pas les grandes fenêtres illuminées ; mais, du coin de l'œil, il observe si nulle clarté n'apparaît dans le haut de l'hôtel. Il sait qu'il y a là une chambre d'où viendra le signal du départ, une chambre qui, dans un instant, s'éclairera pour les derniers apprêts.

Une traînée de lumière bientôt glisse derrière les rideaux, court dans la nuit de l'étage. Quelqu'un a posé une lampe sur la table, près d'une des fenêtres ; le reflet rosé d'un abat-jour allume une nuance d'aurore aux vitres. Et, comme sur les grands stores des salons, le découpage d'une petite ombre fiévreuse, le jeune dessin d'une épaule s'agite dans le halo de la lampe. Mais d'autres silhouettes, autour du gracieux profil, bientôt remuent ; des bras cassent des gestes étranges, affairés, peut-être la mère ou les sœurs... Une femme de chambre soulève un des rideaux, regarde tomber la neige. Et tout se brouille : les images flottent comme dans un mystère, un nuage. Deux mains, un instant, ont l'air de soulever une étoffe précieuse qui se déploie très longue et garde l'onduleux et le féminin d'une personne vivante. Déjà la petite dame en blanc de l'église et du repas nuptial a résigné le symbole d'innocence. La belle robe de satin aux fleurs d'oranger piquées dans les froissis lumineux a glissé des épaules et n'est plus qu'un adorable simulacre qu'une des femmes un instant tient entre ses poings levés près de la fenêtre.

L'enfant, devant la glace, à présent se regarde, surprise, d'un regard déjà changé. Elle ne s'aperçoit plus la même : elle n'est plus tout à fait la jeune fille qu'elle était, elle n'est pas encore la femme qu'elle va devenir, et quelque chose semble arrivé où elle se voit une étrangère pour elle-même. Sa gorge mi-nue bat au corset, toute frêle, aux courbes encore indécises. Elle ne sent plus la petite gêne rose qui, pour l'entrée de quelqu'un dans sa chambre, autrefois la faisait se voiler très vite. Ses sœurs, les filles de service l'entourent et ne la troublent pas. C'est vaguement comme le sentiment qu'elle ne s'appartient plus, qu'un autre tout à l'heure pourra librement la regarder. Elle rit, elle voudrait pleurer, elle se sent un peu absente de tout ce monde qui s'agite, évanouie comme dans un rêve... Et l'heure est très douce ; une fièvre délicieuse l'électrise, elle tourne la bague à son doigt. Son regard ensuite étrangement une dernière fois se fixe sur ses épaules ; puis celles-ci se voilent et elle croit sentir le frôlement d'une moustache ; un baiser l'effleure, fait courir à sa peau un émoi rose. Elle veut ignorer qu'il est là, qu'il la contemple avec le regard dont elle-même s'est regardée. Et, tout de suite, pour donner le change, elle se met à babiller d'une folie de petite perruche.

Sa légère cervelle est à la fois très calme et terriblement agitée, battue d'un vertige. Elle voudrait se sentir déjà emportée par le train, être très loin, et, en même temps, il lui semble qu'elle pourrait rester longtemps ainsi sans penser à autre chose. Cependant tout lui rappelle qu'elle va partir, que, dans un instant, cette maison de son enfance cessera d'être la sienne. Ses sœurs aussi ont des rires un peu fous, un peu au-dessus du ton, comme si elles s'étourdissaient et lui cachaient quelque chose. Et la table, les fleurs du tapis, l'étagère aux livres, le lit étroit sous sa dalmatique fleur-de-pêcher ne sont plus les mêmes... Tout cela subitement si triste, si reculé dans le passé, avec l'air de reproche des choses déjà oubliées ! Oh ! à présent, elle voudrait être seule, rien qu'une minute, les toucher, ces chers vieux objets restés frémissants de sa vie et qui, elle partie, ne seront plus que des reliques, faire ses adieux aux livres aimés, baiser l'oreiller où elle rêva le premier rêve d'amour... Et, tout à coup, elle s'aperçoit que les draps ont été retirés.

Alors la crise, longtemps retenue, éclate : il lui vient les larmes du vrai départ, de la définitive séparation. Elle ne couchera plus dans le petit lit blanc qui était à elle seule ; elle n'a plus que le sentiment d'une grande solitude.

« Voyons, folle !... » C'est sa mère qui l'entoure de ses bras, toute chaude de passion courageuse, et toutes deux demeurent pressées l'une contre l'autre en sanglotant. « Oh ! maman ! maman ! » Mais la maman trouve le mot qui délie le charme triste :

« Que dirait ton mari s'il te voyait ainsi ? » Le sourire renaît ; les baisers ont bu les dernières larmes. Et l'enfant ne pense plus qu'à cette chose charmante : « J'ai un mari ! »

Maintenant, le tournoiement des silhouettes se précipite… Distinctement, le cocher a aperçu l'ombre d'une petite main qui fixe sur un front une capote… Et ensuite, la fenêtre redevient toute claire : il n'y a plus derrière les rideaux que le geste d'une femme qui remet de l'ordre dans le bousculement de la chambre. Alors il ajuste à ses genoux les plis de la couverture, il taquine de la mèche de son fouet les oreilles du cheval, à la longue assoupi. Des voix. Un valet s'avance, tient ouverte la portière. Puis deux ombres rapidement se glissent.

Clic ! clac ! On dirait une fuite. Dans la neige, là-bas, s'est perdu le roulement du petit coupé…

Ah ! petite mademoiselle ! petite madame !

Un léger coupé aussi avait attendu devant la porte et puis nous avait emportés.

Mes sanglots s'élevèrent.

— Un petit coupé… un petit coupé… me répétais-je infiniment comme s'il eût suffi de l'évocation de cette forme matérielle pour me faire revivre l'illusion de l'heure nuptiale dans ma vie.

J'aurais voulu pleurer longtemps, la tête dans mes mains.

Pendant des heures j'errai dans le soir des rues. Quand je rentrai dans la grande maison vide de la chère présence qui l'avait animée jusque-là, les hôtes de cette après-midi de promesses et de joie en étaient tous partis.

XI

Je commençai à remarquer vers ce temps que d'étranges regards autour de nous semblaient nous épier. Il y eut plus de froideur dans l'abord des femmes évangéliques qui avaient résigné la joie pour se vouer au soulagement de la souffrance. Et le même respect n'accueillait plus celle qui pour ces dames s'appelait Mme Darbois. Le renoncement, les miséricordes n'avaient pas étouffé chez elles la médisance et l'envie qui aigrissent la femme en dehors du mariage.

Je fus blessé plutôt encore qu'irrité dans la pureté de mon culte pour Fréda. Le monde, comme une terre au cours d'une navigation en des mers libres, le monde que j'avais cru pour jamais perdu au détour de cette vie nouvelle de nos âmes, nous ressaisissait avec ses indiscrétions futiles et méchantes. Mon cœur saigna comme il n'avait pas saigné au temps de l'ancienne plaie. Il me sembla que des mains sacrilèges touchaient aux voiles sacrés derrière lesquels se dérobait le mystère de sa vie.

Quelle étrange destinée que la nôtre ! Je revenais à Fréda d'un cœur purifié ; j'ignorais si le sentiment nouveau qui m'attachait à elle était encore de l'amour ; je savais seulement que nous nous étions mal aimés autrefois, d'un sentiment qui en ce temps portait le nom de l'amour. Eh bien ! il parut que ce fut cet amour même qui se dressait entre nous comme une barrière. En lui vouant un attachement infiniment respectueux et qui au fond était le rachat d'un orageux passé, je ne cessais pas d'être l'homme antérieur qui l'avait rendue malheureuse. Aucun lien nouveau ne pouvait empêcher que d'autres eussent été rompus, et nous restions séparés pour avoir été unis. Nos cœurs étaient comme des tronçons épars qui cherchent à se rejoindre et ne peuvent plus reconstituer le battement profond de la vie.

Je sentis que je perdais Fréda au moment où elle m'était rendue, où des deux rives nous tendions les bras l'un vers l'autre avec des visages clairs de charité et d'idéal. Et nous étions libres, avec des chaînes plus pesantes qui nous venaient de notre liberté même.

Ce fut la grande épreuve. Je n'avais plus de droits sur Fréda ; j'avais bien moins le droit de la faire souffrir dans le respect des hommes. Je pensai que le seul parti était de me retirer, de m'en aller de cette maison où nous avions goûté ensemble le pur délice de nous être reconquis dans l'harmonie et la beauté. Je pris un prétexte pour m'absenter un peu de temps ; je n'eus pas le courage de résigner tout d'une fois mon ministère ; et ensuite je lui écrivis.

Ce fut la confession de mes défaillances ; j'osai lui demander de me donner de la force en m'aidant elle-même dans ma résolution ; et je ne lui parlais pas du passé, mais de cette fraction de temps qui était devant nous, et où c'était encore notre passé qui nous reprenait.

La lettre partie, je regrettai de lui avoir écrit. Elle ne me répondit qu'une ligne et celle-ci témoigna d'un courage surhumain : « Qu'importe le monde devant notre conscience ! Dans la sûre retraite où nous nous sommes réfugiés, nous n'avons plus à craindre ses coups ! »

Je ne la connaissais donc pas encore pour que cette beauté de son âme, en m'étant tout à coup révélée, me révélât une chose d'elle qui m'était encore inconnue ! Je couvris de mes pleurs et de mes baisers son écriture. J'y recherchai des sens qui allaient plus loin que les signes. Je puis dire que j'en épuisai toute la conjecture.

Les joies humaines furent dépassées dans le sentiment de reconnaissance et d'adoration avec lequel je la vis aller au-devant du martyre. Je compris que je n'avais été lâche que dès l'instant où en fuyant, je concertai de l'abandonner à elle-même. Et l'extraordinaire énergie, les puissances divines du sacrifice faisaient de chaque mot comme des parts d'elle saignantes et heureuses.

Qu'importait, en effet, le monde qui n'est qu'une des formes fugitives du temps, à deux êtres qui avaient échangé l'éternité ! Notre conscience ne nous avertissait-elle pas que nous nous étions mérités par d'infinies souffrances en consentant aux pierres et aux ronces d'un calvaire plus rude que tous les autres ? Je compris que la sûre retraite de laquelle elle me parlait était la dignité et la beauté de notre vie nouvelle : elle ressemblait à une île élevée au-dessus des eaux, une île faite d'îlots autrefois séparés et vers qui ne va plus aucun chemin du monde.

Ô chère femme, ne cessais-je de me répéter, martyre volontaire de la loi de renoncement et d'amour, sœur des miséricordes envers le Pauvre et l'Affligé et qui assumas de me demeurer la Charité et le Salut vivants en m'enseignant un trop facile devoir, tu n'en gardas que pour toi seule les âcres amertumes. Et mon bonheur est un faisceau d'épées que par ses pointes tu plonges et retournes dans ton sang.

XII

Je revins, je ne la revis pas. On m'apprit qu'elle-même avait demandé à passer dans le service d'un des autres médecins de l'Asile. Je n'en ressentis point de douleur, j'étais sûr qu'elle avait cédé à une raison qu'elle me ferait bientôt connaître. Et cette raison, me fût-elle restée ignorée, je l'aurais remerciée encore de m'avoir cru assez près de ses intentions secrètes pour n'avoir point eu besoin de m'en rien dire.

Elle demeura donc absente matériellement de ce retour vers des douleurs jusque-là consolées en commun. Mais son être mystique, son essence subsista près de moi et passa dans les mains dont je touchais nos malades. Je les touchais bien plus avec ses mains à elle en me redisant le mot qui avait commencé nos communions. Je fus à la fois elle et moi, près de ces lits d'où montaient des voix qui me parlaient et cependant ne parlaient que d'elle.

En rentrant, je trouvai une lettre qu'elle m'avait écrite la veille. Ce fut bien la lettre qu'une femme comme elle seulement pouvait écrire. Elle n'y parlait pas d'elle, mais de moi, à travers un nouveau et résigné sacrifice. Elle me disait en termes admirables la considération dont j'avais besoin d'être entouré dans cette maison pour y exercer avec autorité ma mission. « Acceptons donc de paraître éloignés si de cette peine légère et qui ne peut atteindre en nous le fond même de la vie, doit résulter un bien pour ceux qui nous sont aussi chers que nous-mêmes. »

Sa lettre n'était pas de l'amour, mais un sentiment plus haut que l'amour. Elle parut avoir dépassé les ordinaires limites de la beauté et séjourner dans une région où il n'y a plus de paroles pour exprimer les nuances d'un accord des âmes plus parfait que leur union terrestre. Aucune âme jamais ne fut plus près de l'humanité dans le moment où, en songeant à moi, elle pensa peut-être plus encore aux autres. Aucune n'entra plus avant aux eaux profondes de la fraternité. Et ainsi je fus heureux de cette privation du bonheur à cause de la raison qui nous l'imposait. Du moins je me persuadai que je n'en souffrais que dans la mesure d'un sacrifice volontairement consenti.

Mais la vie continue à souffrir hors de la volonté des maux que la volonté n'avoue pas. L'esprit de l'homme est comme une forêt où de divins oiseaux chantent la chanson de l'espérance, et où les bêtes malfaisantes de la défiance se dissimulent derrière les arbres. Je n'arrivai pas tout de suite à l'enviable paix intérieure. J'eus des défaillances et Fréda les ignorait.

Je dus violemment chasser le soupçon que peut-être elle cherchait à se reprendre. J'osai en moi-même lui reprocher une trop excessive prudence ; je ne voyais pas qu'elle n'était prudente que pour moi seul.

J'allai un jour seul sous l'arbre. C'était l'hiver ; les ramures étaient chargées de fins et brillants cristaux. Et on n'apercevait plus le banc sous la neige. « Ô Fréda ! lui dis-je en pensée, merveilleuse et douce amie, me faudra-t-il désormais renoncer à ta présence ? Ma vie sera-t-elle l'exil loin d'Éden d'où me bannit ton ordre trop bien obéi ? »

Le soleil perça la nue ; les givres se fondirent, et je vis apparaître comme un présage l'écorce verte de l'arbre. Alors encore une fois la sensation d'éternité me fut restituée ; mon cœur délicieusement s'allégea. J'entendis Fréda qui me disait : « Je suis votre femme, je vous appartiens. Je n'ai pas cessé d'être à vous. » Et la voix s'était fait reconnaître si distinctement de moi que je crus que Fréda, à travers la distance, réellement avait remué les lèvres et me parlait. Cependant j'étais là seul sous l'arbre.

XIII

Fréda arrivait donc à présent les jours où moi-même je ne venais pas ; et encore une fois le monde sembla s'être interposé entre nous. Toute notre vie était pleine de sa présence : il avait apparu à toutes les dates de notre joie et de notre douleur ; et il nous avait mis la main dans la main, et ensuite il avait désuni nos mains.

Je cessai de voir ma noble Fréda ; je demeurai un long temps sans que ce bonheur me fût rendu ; mais je savais qu'elle venait là comme moi-même et cette maison de la souffrance restait parfumée de son passage.

J'acquis ainsi une force étrange de patience et de résignation. Je me conformais au dessein de Fréda. La lumière de son âme tranquille me pénétra de nouveau : elle égalisa ma peine et me donna la constance dans le sacrifice. Je ne fis plus rien pour me retrouver auprès d'elle ; j'attendis que le même geste de sa main qui entre elle et moi avait fermé les barrières, les rouvrît ; et il me semblait que nous avions le temps devant nous qui n'étions pas même assurés de posséder la minute présente.

Ce fut un sens de la vie et de la durée que je n'avais pas connu dans mes jours antérieurs. Je ne vivais exactement, ni du jour présent, ni du lendemain, ni du passé. J'avais la conscience confuse d'avoir vécu lointainement comme un autre homme dans une autre planète. Je traînais alors une humanité esclave. Ensuite j'avais marché, avec une grande clarté devant moi : j'avais cessé de faucher dans un bref rayon les sensations de l'être ; il me parut que j'existais dans l'illimité des jours.

D'anciennes pensées se fortifièrent : je me persuadai l'inutilité de l'effort de l'homme pour aider au cours naturel de la vie. Toutes les choses s'arrangent d'elles-mêmes en vue de buts obscurs et il n'est pas nécessaire de les faire dévier à droite ou à gauche. Le ruisseau va devant lui, le fruit tombe de l'arbre, l'herbe pousse sur les tombes, et l'homme seulement, par de vaines ingéniosités, complique l'ordre simple des événements. Fréda un jour était venue dans cette maison ; il sembla que je n'y fusse entré moi-même que pour la retrouver, et en ce temps j'avais presque oublié Fréda ; et ensuite ce fut comme si je n'avais jamais cessé de penser à elle. Rien n'eût pu empêcher que nos orbes ne finissent par se rapprocher et tout s'accorde comme la gravitation cadencée des sphères, comme le retour harmonieux des saisons. Nous nous étions mis à marcher à petits pas dans le renouveau de notre vie ; et chaque pas était immense, allait d'un horizon à l'autre.

J'ignorais la vie de Fréda pendant le temps qu'elle demeurait éloignée de moi ; je savais seulement que sa vie était belle comme son âme. Une grande fortune autrefois lui avait procuré les jouissances qui suffisent à la joie du monde ; elle en avait gardé seulement la part nécessaire à sa subsistance ; elle n'était plus riche que de sa seule pauvreté et celle-ci, en effet, était une richesse bien plus précieuse que toutes les autres, puisqu'elle trouvait encore le moyen de la partager avec ceux qui ne possédaient que la douleur.

Ainsi elle était revenue à la vérité, à la droiture de la vie dans un monde malheureux et qui souffre du contraste amer de l'existence de l'homme comblé et de celui qui n'a rien. Moi, au contraire, j'avais patiemment amassé ; j'avais cru longtemps qu'il suffisait de faire l'aumône pour être en paix avec sa conscience. J'ignorais encore que l'aumône n'est qu'un subterfuge hypocrite de notre égoïsme pour goûter sans trouble les sécurités de la possession. Le don d'un pain est sans allégement pour la misère du monde si l'offrande du cœur ne l'accompagne, s'il ne prend dans l'amour la force de réaliser le miracle de la multiplication des pains. Et à présent, j'admirais la pauvreté de Fréda, et cependant je restais sans force pour m'égaler à la plénitude de ses miséricordes.

Elle m'écrivait souvent pour m'appeler au lit des malades dans les quartiers dénués où veillaient ses providences. Or, un jour, en pénétrant dans un sombre logis, je la revis sans que rien eût été concerté entre nous pour amener cette rencontre. Elle me tendit la main et elle avait gardé la jeune émotion de visage qu'elle eut la dernière fois que nous allâmes ensemble sous l'arbre.

C'était de nouveau le printemps, bien que l'éternel hiver du pauvre régnât dans le triste réduit et dans cette banlieue désolée. Et je lui dis :

— J'ai vu en venant, Fréda, les premières feuilles reverdir aux arbres.

Elle entra dans ma pensée et la petite abeille vola sur ses lèvres, la chose d'éternité. Elle me répondit en souriant :

— D'autres vols vont renaître.

Et encore une fois nous nous étions compris. Elle n'était pas triste ; ses yeux faisaient de la lumière autour d'elle ; et la vie passa, le flot profond d'une mer. Je lui pris la main en m'en allant et je lui dis :

— Ô Fréda ! N'avons-nous pas mérité enfin la joie divine de nous être rendus ?

Je ne dis nulle autre parole. J'étais nu et tremblant comme un enfant ; mais le sens obscur de mon timide vœu s'élucida à travers les correspondances qui mettaient nos âmes l'une près de l'autre. Ses doigts pressèrent les miens ; elle me regarda, grave, attendrie ; et ensuite elle me quitta sans avoir rompu le lourd silence délicieux.

XIV

Ce fut vers ce temps que je la revis presque chaque jour dans les mornes régions de la douleur où me menaient ses charités. Et déjà alors elle était redevenue mon épouse spirituelle, elle marchait devant moi portant entre ses mains l'hostie des communions de la pitié et de l'amour. Cependant jamais nous ne parlions de l'amour. Nulle allusion futile ne ternissait la beauté des instants que nous passions l'un près de l'autre.

Nous fûmes ainsi amenés par une mutuelle confiance à nous retrouver ensemble chez elle, dans la petite maison où elle vivait avec une vieille servante.

Je ressentis, en y pénétrant, l'émoi novice d'un jeune homme ; j'eus le tremblement de franchir un seuil sacré ; et rien n'y rappelait plus le passé, aucun vestige du temps où je l'aimai du mauvais amour. Elle me dit plus tard qu'elle ne s'était pas séparée d'un coffret où reposaient les reliques de notre ancienne vie ; elle ne l'avait plus ouvert et je ne voulus jamais qu'elle l'ouvrît devant moi.

Fréda me permit donc de venir librement la voir. Je sentis vraiment alors que la créature qui agit dans la liberté de sa conscience en se conformant à la nature est plus haute dans l'ordre éternel que les autres. La peur mesquine du monde qui auparavant me tourmentait resta en arrière, et Fréda non plus ne me parlait pas du monde. Ce fut un mot qui à jamais resta banni de notre vie. Mais nous nous entretenions de la loi terrible du Pauvre, de la fatalité qui des confins du temps, aussitôt que naquit la vie sociale, le fit marcher sans trêve à travers d'arides déserts, loin des patries, loin du sentiment des solidarités, inexprimablement rebuté et seul, n'ayant pour unique espoir que le territoire hospitalier de la mort.

Fréda n'était pas éloignée de croire que la dispersion de l'humanité sur de grands espaces et le retour à la libre vie de nature, avec les fruits du champ pour subsistance et la possession commune de la terre, pourraient seuls changer cette condition barbare. Elle allait aux solutions rapides, aux synthèses simplistes quand au contraire mon esprit s'attardait aux détours patients de la dialectique. Je souris d'abord à cette image harmonieuse comme à un consolant mirage ingénu et cependant à la longue j'en subis la force d'attraction incomparable. Il me parut qu'ici encore, comme en toutes choses, elle avait été plus près que moi de la vérité.

Il y avait un jardin derrière la maison de Fréda et dans ce jardin un saule courbait jusqu'à terre ses branches pliantes. Elle m'avait dit :

— Le saule verdit avant les autres arbres. Pourtant je n'y vis point de présage le jour où je le plantai en cet endroit.

Dans la fraîcheur de la nuit, dans les aromes subtils du jardin, nous allions souvent sous le saule : il nous rappelait l'abri charmant du châtaignier. Et un soir que nos pas nous avaient conduits vers son feuillage léger, je dis à Fréda :

— Fréda, voulez-vous que nous échangions l'anneau de nos vraies fiançailles ?

La voix que j'avais entendue sous l'arbre me répondit :

— Je suis votre femme.

Je pris l'anneau, je le passai à son doigt ; et ensuite elle le retira, et, à son tour, elle passa l'anneau à mon doigt. Nous ne savions plus que déjà autrefois nous avions fait le même geste avec confiance. Les anneaux avaient quitté nos mains avant que l'or en fût terni, et maintenant un seul anneau suffisait à les réunir, fait d'un métal indestructible. Nous étions très purs dans la nuit, et aucun de nous n'avait évoqué le nom de l'amour. Il sembla que nous étions montés sur une cime près des étoiles et que là-haut le souffle de Dieu même nous visitait.

Ainsi Fréda fit le suprême sacrifice ; celui qu'elle m'avait fait dans le passé ne compta plus auprès de cet autre où elle m'apporta, avec le pardon et l'oubli, sa seconde et mûre jeunesse. De toute sa foi volontaire, elle me donna le trésor vierge de sa vie, comme si auparavant elle ne m'en eût accordé que le simulacre. Et nous ne nous étions point encore appartenu avant ce jour ; nos cœurs ignoraient la joie de ne se devoir qu'à eux-mêmes ; et à présent ils s'apercevaient dans leur vérité pour la première fois. J'allai donc habiter avec Fréda, et seulement alors nous fûmes réellement mariés, car, de même qu'une force sociale l'avait dissoute, une force morale bien plus grande nous persuada que notre première union n'avait point existé. Nous eûmes le sentiment d'avoir abordé enfin sur une terre ferme, après une longue traversée et d'anciens naufrages. Et nous vivions solitaires avec simplicité, au cœur même de l'humanité.

XV

L'âge est venu depuis : nous eûmes la beauté de vieillir ensemble sans nous apercevoir que nous nous étions connus jeunes dans un autre temps de notre vie. Ce n'était alors que la jeunesse d'un amour plein de trouble et nous ne nous étions donné que la chose périssable et brève à laquelle ne survit pas la sainte communion des cœurs. Ceux-ci ne commencent à devenir transparents l'un pour l'autre qu'après que les épaisses cloisons de la sensualité sont tombées.

L'ardente chair alors me consumait comme un flambeau qui brûle sans éclairer. J'avais demandé à Fréda des plaisirs que sa nature sérieuse et pure n'avait pu m'octroyer. Mes fautes étaient nées de ce désaccord entre mes sens et cette âme un peu silencieuse qui se défendait des souillures du mauvais désir. À présent il nous semblait que nous étions entrés dans une contrée élyséenne que ne dévastaient plus les orages terrestres. C'était celle des créatures soustraites aux épreuves de la vie et qui ont mérité de goûter une joie harmonieuse après de dures traverses.

Une lumière charmante montait de ses regards et rafraîchissait les miens. Elle avait dissipé mes ténèbres et épanouissait sur mes pas les fleurs qui étoilent les mystiques jardins des Béatitudes. Nous vivions dans des paysages enchantés qui naissaient de nous. Des fontaines y jaillissaient, claires et musicales, et n'étaient que l'effusion de nos deux existences si rapprochées que l'une paraissait se continuer dans l'autre, comme la stillation d'une eau est faite de gouttes qui ne cessent pas d'emplir la même vasque.

J'écoutais sa vie tranquille se prolonger dans la mienne : elle avait des battements légers auxquels se conformait mon rythme intérieur. Jamais Fréda n'avait été plus jeune, comme pour me fortifier dans la pensée que la seule jeunesse qui ne passe pas est celle qui réside aux sources profondes de l'être. Même au temps de sa grande beauté, elle n'avait pas eu des yeux plus clairs. La limpidité qui en rendait les globes translucides n'avait pour moi d'équivalents que certains regards d'enfant, vertigineusement frais et lavés d'innocence.

Cette pureté de ses yeux grandit encore à mesure que les ans passèrent ; elle sembla s'illuminer d'une lumière qui déjà n'était plus terrestre. Et cependant je ne pouvais douter qu'elle n'eût gardé cette splendeur harmonieuse des formes qui avait exalté mes démences. Ses gestes étaient plus lents seulement, d'une douceur qui faisait glisser de la caresse sur tout ce qu'elle touchait.

Ma Fréda ne devait pas cesser d'être belle sous la neige de ses cheveux. Ce fut le miracle d'une beauté éternisée qui lui venait de son âme matériellement réalisée. Les êtres très purs ne finissent pas de ressembler à eux-mêmes : ils sont la source de leur propre beauté et celle-ci se renouvelle selon la loi qui les rend plus semblables aux divines images d'après lesquelles ils se règlent. Fréda sembla vouloir rester pour moi ce qu'elle avait été au temps où je ne possédais pas encore son âme. En me donnant celle-ci, elle me rendit la chère maison de ses grâces, comme pour m'enlever le regret de l'avoir autrefois perdue. Et ainsi des intervalles furent renoués ; la trame de vie se recomposa dans l'illusion qu'elle ne s'était jamais défaite.

Nos mains maintenant étaient unies par des anneaux librement échangés. Aucune sanction ne leur eût apporté une vertu plus grande que celle qui leur venait de l'indestructibilité de notre amour. Ils avaient été trempés dans la douleur humaine ; ils étaient à nos doigts comme nos âmes même descendues dans un symbole au-dessus des lois. Nous connaissions trop bien combien celles-ci s'accommodent de la fragilité des sentiments. Elles en restent altérées dans leur essence, au point d'être variables elles-mêmes comme les destinées qu'elles ont pour mission de stabiliser et qu'elles aident à se disjoindre. Elles qui devraient se conformer à un état permanent de la conscience et ne refléter qu'un idéal supérieur aux vicissitudes de la vie des hommes, ne sont plus, dans la tourmente des cœurs, que des étais sans certitude auxquels on se suspend et qui se dérobent ensuite aux mains.

Fréda et moi n'ignorions plus que les seules lois éternelles sont aux mains de la nature. Elles nous avaient séparés dans un âge de notre vie où nous ne pouvions nous comprendre et ensuite elles nous avaient rendus l'un à l'autre comme si tout le reste n'avait été qu'une épreuve par laquelle il nous avait fallu passer pour nous mériter.

Cependant nous étions allés vers les mêmes hommes qui nous avaient unis et nous leur avions demandé de briser notre union. Leur sagesse ne nous avait pas dit : « Prenez garde que le pouvoir qui nous fut conféré n'est qu'une allégorie des forces que vous portez en vous et qui vous sont ignorées. Nous ne pouvons rien ajouter au mariage ni en rien enlever, car la cession d'un être à un autre être n'a de sanction que les intimes et irréductibles puissances de la nature. Nulle force humaine ne peut faire que, même dissous, le mariage ne subsiste dans ses effets établissant entre deux créatures une telle dépendance que les fruits d'un second lit quelquefois ont la ressemblance du premier géniteur et que sous les baisers de l'homme renaît l'image de celle à qui il voua ses amoureuses prémices. »

Personne ne nous avait dit cela ; et pourtant à présent nous sentions bien que c'était toujours l'ancien amour qui joignait nos mains, mais sous une forme délivrée. Un nouvel arbre sort du pied du vieil arbre pourri et c'est la même sève ; mais le jeune surgeon recommence la vie qui est finie pour la souche antique.

La loi, qui aurait pu rendre à notre union l'appareil extérieur qu'elle eut par le passé, se fût trouvée sans action pour apparier nos âmes si un pouvoir supérieur à la loi ne les avait divinement conjointes. Elle n'est que le fragile soutien des âmes impuissantes à se gouverner elles-mêmes : au contraire, la nature apparaît la sûre, unique et suprême médiatrice des destinées.

Il n'y eut aucune idée de révolte contre l'autorité sociale dans le sentiment qui nous prescrivit de vivre librement ensemble sans renouer le pacte légal. Les consciences, à une certaine hauteur, ne cèdent plus, en s'écoutant, aux mouvements violents qui signalent encore l'effort pour atteindre à la vérité. Par de longues et cruelles épreuves nous avions mérité de nous affranchir des engagements qui suppléent à l'incertitude des âmes. Elles nous avaient éclairés sur nous-mêmes ; elles nous avaient dépouillés de la part variable qui est au fond des êtres soumis aux influences extérieures. La même pudeur qui nous avait interdit de nous entretenir du passé fut la cause que nous évitâmes toujours toute allusion à la forme contractuelle qui eût été le recommencement d'une vie renoncée. Celle-ci fut à ce point la trouble aventure de deux êtres mal préparés aux durables communions qu'il nous eût paru sacrilège de demander encore à la société un recours contre des défaillances que nous ne pouvions plus ressentir.

De toutes les femmes, Fréda fut certes la plus douée de cette beauté morale qui puise ses conseils en elle-même et n'a que faire des appuis que les âmes chancelantes recherchent dans la conformité. Elle ne fut pas avertie mystérieusement que nous agissions mal en nous soustrayant aux lois du monde. Ses voix secrètes lui persuadèrent plutôt qu'au regard de Dieu rien n'avait pu dissoudre notre union première et qu'à travers les intervalles elle s'était simplement renouée par la même force qui nous avait unis et, pour un certain temps de notre vie, disjoints.

Ce fut là sans nul doute sa pensée intime : elle est admirable si on la rapporte au sentiment de vérité qui s'appuie sur l'infrangibilité des puissances de l'amour. Fréda avait gardé la foi religieuse. Elle était pieuse sans rigorisme ; elle pensait qu'un juge suprême absout ou condamne les mouvements de l'âme. Un jour elle m'avait dit : « Chacun de nous conçoit Dieu selon sa nature. Il suffit que nous l'adorions suivant les forces qu'il a mises en nous. »

En acceptant de recommencer avec moi la vie, je ne pus douter qu'elle n'eût écouté le commandement de Celui qui était son conseiller constant. Mais moi qui voyais dans l'homme un dieu vivant qui ne prend conscience que de lui-même, j'étais porté à ressentir autrement la vérité de notre vie nouvelle. Il me semblait que nous avions fait acte de créatures libres en nous affranchissant d'un simulacre de sanction sociale qui est le pire des mensonges s'il ne s'applique qu'à deux êtres disposés à ne point le respecter, et la plus vaine des conventions si, au contraire, ils sont résolus à vivre dans la pensée que le mariage ne réside pas dans une simple formalité toujours éludable, mais dans la plénitude de l'harmonie entre deux âmes complémentaires. J'étais, en pensant ainsi, plus près moi-même de ma conscience.

Le temps n'a fait que fortifier ces sentiments. Il a consacré la beauté d'une vie qui s'est partagée entre les autres hommes et nous ; nous ne cessâmes pas de les aimer à travers nous-mêmes comme nous-mêmes nous nous étions aimés à travers eux.

Fréda m'ayant donné l'exemple de l'abnégation, j'ai fait deux parts de mes biens, l'une, la moins grande, qui nous assure contre les nécessités quotidiennes, l'autre qui alla aux déshérités et servit ainsi à nous rendre moins pesante la sécurité qui nous mettait à l'abri de leurs détresses. Et voici la petite maison fraîche sous les arbres, voici le jardin avec ses allées sablées et ses corbeilles de fleurs, voici le saule dont le feuillage se dore avant les autres essences, par un symbole anticipé du printemps. Une ombre bruissante tombe de ses rameaux recourbés et trace sur le sol de mobiles réseaux. Il fait partie de notre existence, il participe de la joie tranquille qui est en nous.

C'est sous ses feuilles légères, à travers lesquelles filtre la clarté bleue des étoiles, que Fréda et moi nous venons goûter l'été un harmonieux délice. Le bruit de la ville se meurt dans les paisibles atmosphères d'une banlieue où le travail finit avec les dernières lumières du jour. Et je tiens ses mains pressées dans les miennes : nous nous écoutons nous répondre avec nos bouches closes, dans l'égal silence qui tient nos esprits confondus.

Une confiance nous est venue de notre destinée accomplie : nous ne la séparons pas de celle de l'humanité. De même que, partis de confins opposés, nous avons fini par réaliser les forces qui sommeillaient en nous, nous nous persuadons qu'elle aussi, cette humanité enfin sortie des obscures et tâtonnantes régions des limbes, atteindra aux suprêmes réalisations dont l'immuable espoir l'empêcha de trépasser sur ses calvaires.

Le ruisseau reflète les vastes cieux déchirés par l'éclair ; tout le matin ingénu tremble dans une goutte de rosée et chaque homme est un abrégé de la planète. S'il se tourne vers les ténèbres, l'énorme nuit tient dans ses yeux dilatés : mais s'il regarde vers l'orient, l'infinie clarté de demain élucide ses prunelles. Quand nous pensions à cette délivrance progressive des races, des larmes lentes et délicieuses montaient de notre joie ; et à peine nous pouvions encore parler. Nos pâles visages frissonnaient d'affres bienheureuses.

Le monde d'abord se vengea. Il nous frappa dans ce qui nous était cher autant que notre vie. La directrice de l'Asile fit prier ma noble Fréda de renoncer à sa mission secourable et moi-même j'abandonnai mon service. Avec les ans cependant, il se fit un apaisement autour de nous. Nous nous étions mis au-dessus du mensonge social ; nous avions réparé en nous la triste erreur des lois ; nous avions écouté la nature et la vérité. Le monde finit toujours par subir l'ascendant moral des sentiments personnels : peut-être ne répugne-t-il à les encourager que parce que, étant la collectivité, il a résigné le droit de penser individuellement. Il fut touché de notre constance et respecta le tranquille mystère d'une vie qui ne cessa pas de l'ignorer.

FIN.